UNE

NOUVELLE RÉVISION

DES POËMES DE CLERMONT

Extrait de la *Revue des Langues Romanes*,
(2ᵉ Série, T. Iᵉʳ, p. 5 à 23.)

MONTPELLIER, IMPRIMERIE CENTRALE DU MIDI
(RICATEAU, HAMELIN ET Cᵉ)

UNE

NOUVELLE RÉVISION

DES POËMES DE CLERMONT

PAR

A. BOUCHERIE

PROFESSEUR AU LYCÉE DE MONTPELLIER

PARIS

MAISONNEUVE ET Cᵒ, ÉDITEURS

25, QUAI VOLTAIRE, 25

1876

UNE

NOUVELLE RÉVISION

DES

POËMES DE CLERMONT

Les Poëmes de Clermont, — *Passion du Christ, Vie de saint Léger,* — sont, après le Fragment de Valenciennes, la *Cantilène de sainte Eulalie* et les *Serments* de Strasbourg, les plus anciens documents écrits en langue d'oïl, et, pour l'étendue, de beaucoup les plus considérables. Signalés par feu M. Gonod, bibliothécaire de Clermont-Ferrand, transcrits et publiés pour la première fois par M. Champollion-Figeac, ils ont tout d'abord attiré l'attention du premier romaniste de notre époque, de M. Fr. Diez, qui est parvenu à les déchiffrer presque en entier. Il ne fallait pas moins que sa vaste érudition et son expérience consommée pour retrouver tant de bonnes leçons sous les fautes du premier éditeur. Après lui, et grâce à lui, MM. Hofmann et G. Paris ont pu améliorer encore ces précieux textes : le premier, par des conjectures toujours habiles et souvent heureuses; le second, par ses conjectures en même temps que par une nouvelle collation du ms. de Clermont.

De mon côté j'avais, depuis quelque temps, l'intention de les étudier également sur le ms., dessein que j'ai pu mettre à exécution au mois d'août 1872, très-peu de temps après que M. G. P. avait publié le Saint Léger (*Romania*, n° 3, juil. 1872), et avant que son édition de la *Passion du Christ* eût paru dans le même recueil. Je prévoyais que ma collation serait rendue à peu près inutile par la sienne. Néanmoins je ne crus pas devoir renoncer à ce pèlerinage scientifique que tout bon romanisant, j'en suis sûr, voudrait faire une fois dans sa vie. Je me disais que j'y gagnerais tout au moins de pouvoir confirmer les collations de mon prédécesseur, et, par surcroît, de glaner peut-être après lui quelques menues particularités d'écriture ou d'orthographe qui lui auraient échappé.

C'est, en effet, ce qui est arrivé, et c'est le résultat de ces recherches que je viens soumettre à l'appréciation des savants. J'y ai joint les observations que m'a suggérées une lecture attentive de l'édition de M. G. Paris, à laquelle je renvoie à chaque instant le lecteur, et dont le présent travail n'est à vrai dire que le complément.

Cette publication est d'autant plus opportune, que le contenu du ms. va être reproduit en entier par la photogravure, sous les auspices de la *Société des anciens textes*. Les savants, mis ainsi en communication directe avec le ms. lui-même, et n'ayant plus à compter avec les incertitudes qui sont le lot des chercheurs réduits à voir par les yeux des autres, s'efforceront à l'envi de rétablir le vrai texte et de reconstituer définitivement ce monument de notre ancienne langue. Je n'ai pas voulu être le dernier à porter ma pierre à l'édifice commun.

PASSION DU CHRIST

Str. 1, 4, ms. *Per que* (e cédillé). — Str. 2, 2, ms. *Des que* (e cédillé). — Str. 3, 3, ms. *La sua morz.* Cette forme correspond au nominatif bas-latin supposable *mortis.* — Str. 4, 4, *Aproismer vol a la ciutat :—Afanz per nos susteg mult greus.* En note, M. G. P. dit : « Les mots *mult gr...*, oubliés d'abord par le scribe, ont été réintégrés dans l'interligne ; j'hésite pour savoir si on doit lire *granz* ou *greus.*» Quant à moi, j'ai lu *mult granz.* Je ferai observer encore que ces mots ont été écrits non-seulement en interligne après *susteg*, mais encore en marge, où ils ont laissé moins de traces.

Str. 5, 2, ms. *Oliver*. — Str. 8, 2, ms. *lazer*. — Str. 10, 1. Il est inutile de changer la leçon du ms., *rams* rimant très-bien avec *branches*, si l'on admet avec moi que les assonances masculines étaient tolérées à côté des féminines. V. plus loin la note de la str. 100, 1.

Str. 9, 3, ms. *Chi eps lo morz.* — Str. 11, 3, *mantenls* est une bonne leçon, qui peut rester. V. plus loin la note de la str. 33, 2 (*benlement*). — Str. 12, 1, *Gran folcs aredre, gran davan.* Il vaut mieux lire *aredr e = ad-retro et.* — *Ibid.* 3, ms. *petiz.* — Str. 13, 4, ms. *lagrimez.* — Str. 14, 2, ms. *pechet.* — Str. 15, 2. Le ms. donne *quez*, mais la bonne leçon est en effet *quet.* Il ne faut pas oublier que le copiste confond souvent le *t* et le *z* à la fin des mots. — Str. 16, 1, ms. *en fanz.* — Str. 17, 1 et 2, ms. *genz* et *tormenz.* — Str. 18, 1. *Percuidat* a été corrigé en *percoidat.* — *Ibid.*, 3, ms. *marchedant* et *trobed.* — *Ibid.*, 4, ms. *gitez.* — Str. 19, 1, ms. *talant.* — Str. 21, 3, 4, « *Que m'en darez? e l' vos tradran. — Vostres talenz ademplirant.* » M. G. P. en note : « Diez propose, et je suis de son avis, de lire *tradrai* et *ademplirai.* » Cette correction ne me paraît pas nécessaire. *Ademplirant* est pour *adempliran* ou *adempliram = ad-imple-bimus.* On peut citer d'autres exemples du *t* paragogique après *an:* et en *Fescant* (St. Léger, str. 30, 3), al *tirant* (ibid., str. 32, 5); en son *champt* (*le Dialecte poitevin au XIIIe siècle*, p. 45.)

Str. 22, 2, ms. *lor.* — Str. 24, 4, ms. *trestot.* — Str. 25, 2, ms. *tot.* — Str. 26, 3, ms. *manjer.* — Str. 27, 3, ms. *condurmiz.* — Str. 29, 2, ms. *noit.* Le copiste avait d'abord écrit *nuit.* — Str. 30, 4, ms. *en anez.* — Str. 31, 1, ms. *granz.* — *Ibid.*, 4, ms. *bien los manded.* L'*i* de *bien* a été écrit au-dessus en interligne. — Str. 33, 2 (note de M. G. P.) « ms. *benlement;* évidemment le scribe s'était laissé aller à écrire *ben*, mot si fréquent, et il a oublié d'effacer l'*n* ensuite. » C'est une erreur : *n* pour *l*, devant un autre *l*, subsiste encore en limousin (V. Chabaneau, *Gram. limousine — Revue des langues romanes*, t. IV, p. 666) et dans le parler de Nimes (cf. *estanlavo =* étalait, *li Bourgadieiro*, poésies patoises, dialecte de Nimes, par A. Bigot, pag. 162; *grounlo =* savate, pag. 163; bouco *panléto =* bouche pâle, p. 32). Le même poëme de la *Passion*

donne un autre exemple de cette substitution de *nl* à *ll, mantenls,* str. 11. — Str. 29, 2, ms. *noit,* forme d'autant plus re-
márquable qu'elle est voulue. En effet, le copiste avait d'abord
écrit *nuit,* puis il s'est ravisé et a changé l'*u* en *o*. — Str. 33,
4, ms. *compannie.* Le copiste avait d'abord écrit *cumpannie.*
— Str. 34, 2. *Querent,* que donne en effet le ms., me semble
une faute. Je lirais *queret* = *quæretis* p. *quæritis : zo lor demandet : « Que queret? »* Cf. str. 101, 4, *requeret* = *requiretis.*
Cette correction a de plus l'avantage très-sérieux de respecter
l'accent. — Str. 36, 3, ms. *vel* p. *fel.* — *Ibid.* 4, ms. *bassœrai.*
— Str. 37, 1, ms. *vegra.* — Str. 38, 3. A propos de l'emploi de
fura = *fuerat* avec le sens du conditionnel, « Melz ti *fura* non
fusses naz », il n'est pas inutile de citer un exemple analogue
extrait de Grégoire de Tours : « Cur, inquit, humiliasti genus
nostrum ut te vincere permitteres? *Melius* enim *tibi fuerat*
(melz ti fura) mori. » (Ms. 17655, VIIe s., f° 30, v°, Bibl. nat.)
— Str. 39, 2, ms. *part.* — *Ibid.,* 3. Chacun de notre côté,
M. Chabaneau et moi, nous avons lu *ne no s susted* = *non se
substavit. Substare* avait précisément le sens de *résister.* Quant
à la forme barbare *substavit* pour *substitit,* elle est suffisamment
garantie par son analogue *constavit,* qu'on trouve dans diffé-
rents mss., entre autres dans le ms. 4884, f° 20, v° (VIIe s.,
Bibl. nat., f. latin) : huç usque Judices *constaverunt.* Le provençal moderne a conservé ce mot avec le même sens : *soustà,*
mettre à l'abri, *ou* à couvert, d'où le subst. verbal *sousto :*

<blockquote>
Aubouro ti bras, Crous de ma patrio,
Et mete à la *sousto* aquest terradou.
</blockquote>

« Elève tes bras, Croix de ma patrie, — Et mets *à couvert*
ce territoire. » F. Mistral, *lis Isclo d'or,* p. 484.

Dans le latin classique, *substare,* comme *subsistere,* avait plutôt le sens de *résister;* mais on conçoit très-bien que de l'idée
de *résistance* on soit passé à l'idée de *défense* et de *protection.*
— Str. 40, 3, ms. *fellon.* Le copiste avait d'abord écrit *fellun.* — *Ibid.,* 4, ms. *aurelia.* Le copiste avait d'abord écrit
aurilia.

Str. 42, 1, ms. *loengurpissen,* le premier *en* ajouté en interligne au-dessus de *lo.* Il faut donc lire *l'en gurpissen.* — *Ibid.*
2, ms. *diz.* — *Ibid.* 4, ms. *quae* p. *que.* Bonne leçon, à laquelle

il est inutile de substituer *quar*. — Str. 44, 4, ms. *no* avec le sigle horizontal = *non*. — Str. 46, 1, ms. *respon*. — Str. 48, 1. Note de M. G. P.: « Ms. *estret*. Je n'ose admettre *estret* p. *steterat*; cf. 83 a, 108 d.» D'abord le ms. donne *estet*, ce qui tranche la difficulté. Et puis, si l'auteur avait voulu employer le doublet formé du plus-que-parfait latin, il aurait mis *estere* ou *estera* = 'staverat, et non *steterat*, qui aurait donné, dans ce texte et à cette époque, *estedre* ou *estedra*. *Estera* n'est pas d'ailleurs une forme fictive ; on le trouve dans le St Léger, str. 39. 2 : Lo corps *estera* sobre ls piez ; et *ibid.*, str. 39, 6 : . Lo corps *stera* sempre sus.

St. 49, 2, ms. *neiez*. — Str. 50, 4. M. G. P. ne change rien à la leçon du ms. *Que de nos aiet pieted*. Évidemment il compte trois syllabes dans *pieted*. Cependant il aurait été bon d'indiquer tout au moins une contradiction de l'auteur, qui n'accorde que deux syllabes à ce même mot : str. 77, 4. Que nos vetdest tua *pietad ;* str. 128, 4. Per ta *pitad* lor perdones. Observation qui a son importance, car elle constate une fois de plus cette loi de tolérance dont on avait alors parfaitement conscience, et dont on savait fort bien tirer parti.

Str. 52, 2, ms. *desabanz*. — Str. 55, 4, ms. *Pilad*. — Str. 56, 1, ms. *Pilaz que anz*. — Ibid., 2, ms. *fellun*. — Str. 58, 3, ms. *rumplenl farai* = *rumprell* p. *rumpre l farai*, des deux *l* consécutives la première s'étant nasalisée, comme dans *benlement*, 33, 2; *mantenls*, 11, 3; *poblenlo* (St Léger, 14, 5). Pour le changement de *r* en *l*, cf. *soblel* = *sobre els*, 180, 4. — Str. 63, 1, 2, ….*Si s'excrebantent li fellon*. Je traduis : «Devant lui tout à genoux, *se jettent à terre* les félons. » — Str. 65, 3, ms. *garder*. Il faut *gardet*. — Str. 66, 4, je lirais *qu'i obs vos es ;* litt. « *que* besoin vous *y* est. » Cf. « Vedez mo laz, *qu'i* fui plagaz », str. 109, 4. — Str. 67, 3, ms. *soe chamisæ*.

Str. 68, I, 2. *Il no l auseron deramar, — Mais a vra sort an gitad*. M. G. P. lit : « *Mais chi l'avra sort an gitad*. » Et il ajoute : « Diez a refait le vers tel que je le donne, en s'appuyant sur l'Évangile selon St Jean, XIX, 24 : *sed sortiamur de illa cujus sit*. Hofmann a proposé : *Mais aura sort en an gitad*, où *aura* p. *ora* serait plus que douteux.» Pour moi, je lis : *Mais a vera sort an gitad.* = *Sed ad veram sortem* habent *jectatum. Grégoire de Tours (ms. 17655, f° 24, r°, VIIe s., Bibl.

nat., f. latin) donne un exemple certain de cette locution :
« Nihil hinc accipies (dit à Clovis le soldat qui lui dispute le
vase de Soissons), nisi quæ tibi *sors vera* largitur. »

Str. 69, 1, ms. *vertet*. — Str. 72, 2, ms. *cridaizun*. Forme
très-légitimement formée de *quiritationem*. M. G. P. a-t-il des
exemples de la locution *duire cri* = *clamare?* Dans ce cas, ce
n'est pas *duizun* = *ducunt*, mais *ducent*, qu'il aurait dû supposer; cf. *conducent* = *conducunt*, 61, 4. Et que devient l'accent?
— Str. 73, 1, ms. *Respondet l'altre:* M. G. P. lit *Respondet
li altre*, et souligne *respondet*, pour indiquer que c'est la
transcription pure et simple de la 3ᵉ personne sing. de l'in-
dicatif présent latin. *Respondet*, comme plus haut (str. 39,
3) *defended*, aujourd'hui *défendit*, est à la 3ᵉ personne du
singulier du parfait défini et serait traduit en latin par
respondit. — Str. 75, 2. M. G. P. a lu *su* avec Champollion-
Figeac. Quant à moi, j'ai lu *fu*. — Str. 76, 1, je ne change rien
à la leçon du ms. Ici *Deus* est employé par le poëte comme
mot de la langue latine, et conserve, en conséquence, sa
valeur dissyllabique. J'ai déjà eu occasion d'expliquer la loi
de tolérance qui régissait l'emploi alternatif des formes vul-
gaires et des formes latines dans les mêmes textes (*Revue
des langues romanes*, tom. Iᵉʳ, p. 21 et sq.). — *Ibid.* 2, 3. La note
de M. G. P. est exacte. Cependant j'y introduirais une légère rectification. Les deux jambages qui précèdent *tal*, et qui
ressemblent en effet à deux *c c*, ne sont pas écrits *au-dessus*,
mais *sur* un mot effacé. La leçon par lui adoptée me paraît la
meilleure.

Str. 77, 4. Pourquoi ne pas lire simplement : « Que nos ve-
dest tua pietad (*Utinam nos vidisset tua pietas!*) » ? — Str. 81,
4, ms. *sanz*. — Str. 82, 1, ms. *sanz*. — *Ibid.* 4. *Jusche la terra*
est, en effet, une bonne leçon. On rencontre assez souvent
jusque non suivi de *à;* v. plus haut 78, 1. — Str. 83, 1, ms.
mariœ — Str. 84, 3, ms. *vedez*. Le sens est « [Quoiqu'] elle le vît
ainsi mourir... » Pour la suppression de la conjonction en
pareil cas, cf. str. 93, 3. « Ja *fos* (fuisset) la chars de lui
aucise », et cet exemple tiré du ms. 10910, VIIᵉ s. (Bibl. nat.,
f. latin) : « In nomine deorum meorum *fuisset*, vixerat. — *Si*
nous l'avions mis sous le patronage de mes dieux, il eût vécu »
(fᵒ 100, rᵒ). Ici c'est la conjonction *si* qui est sous-entendue.

La *Vie de Ste Euphrosgne* donne une tournure tout à fait semblable : « Sic est cor meum declinatum in amore suo ut, *fuisset* filia mea..., non amplius potebam diligere illam. » (*Revue des langues romanes*, tom. II, p. 38). — Str. 86, 1, ms. *preiar*. — *Ibid.* 4, ms. *envolopet*. — Str. 87, 2, ms. *hi*.

Str. 88, 2. Diez, dont l'explication a été adoptée par les autres éditeurs, voit dans *cuschement* un composé du v. allemand *cûsc* = n. allemand *keusch* (chaste), et le traduit par « proprement. » Je croirais plutôt que *cuschement* dérive de *caustica mente*. Le vers entier «*L'aromatizeu cuschement*» pourrait donc se rendre en un seul mot, « l'embaument.»— *Ibid.*, 4. Le ms. donne bien *corsp*, mais avec un signe, ressemblant à une apostrophe, au-dessus de *p*, et qui semble indiquer que cette lettre n'est pas à sa place. — Str. 89, 1, ms. *virgo*. — Str. 90, 1, ms. *fud*. — Str. 91, 3, ms. *emblar*. Je ne changerais rien à la leçon du ms., puisque M. G. P. reconnaît lui-même qu'on rencontre dans certains textes romans des exemples de l'infinitif employé avec le futur d'*avoir* = pouvoir.

Str. 92, 3. J'ai lu *armaz vassalz*.— Str. 93, 2. Ne faut-il pas lire *semper er* = *erit?*—*Ibid.*, 4. Je crois que *regnet* est le parfait et non le présent. Les autres verbes, dans les trois vers suivants, sont également au passé. De plus, je regarderais *se feira* comme l'équivalent de *factum fuerat ;* littéralement : «comme[*cela*] *s'était fait* (*avait eu lieu*) auparavant.» M. G. P. dit encore que le sens de ce vers est « Jésus règne *malgré cela...*» Il me semble que c'est une erreur. D'abord on doit observer que, dans ce cas, il faudrait [*n em*]*pero*; ensuite que, si Jésus règne ou a régné tout comme auparavant, c'est précisément parce qu'il a péri par la chair, puisque c'est par sa mort qu'il a vaincu Satan (str. 94, 3). Je traduirais donc « Ja fût la chair de lui occise.— [Il] régna *pour cela* comme auparavant [cela] s'était fait. » — Str. 94, 1. Note de M. G. P.: « J'avoue ne pas comprendre ce vers.» Si on lit, avec Champollion-Figeac,» *quand,* on a un sens qui ne va guère : le poëte doit naturellement raconter que Jésus est descendu aux enfers, et non pas s'exprimer ici comme s'il l'avait déjà dit. Mais que peut signifier *qua ? Salir* (cf. it. *salire* « monter ») ne convient pas trop bien non plus à la descente aux enfers; au contraire, il est dit partout que Jésus *attaqua* l'enfer, et le vers suivant est conçu dans le même ordre d'idées. » Toutes ces observations portent juste. Aussi lirais-je *asalit,* comme M. G. P., mais en regardant *el* comme l'équivalent de *ille* [Christus], et non comme celui de *in illo* (Inferno). Quant à *qua,* je rétablirais l'*r* que le copiste a pu laisser tomber, — cf. *toned* p. *torned* (str. 74, 1) — aussi facilement qu'il l'insérait là où il ne devait pas se trouver ; cf. la*r* mort p. *la* mort (str. 39, 4). Grâce à cette légère restitution, le vers se retrouve rétabli avec un sens très-suffisant : Qua [r] el Enfer dunc asalit. — *Etenim ille Infernum tunc impugnavit.* Ajoutons qu'on pourrait aussi lire *qua*[n] = *quando.*— Str. 95, 2. Le ms. donne bien *foi* p. *soi.*

Str. 99, 1. Note de M. G. P.: « Ms. *Langeles.* D., p. 370, admet que l'auteur prononçait *angeles* en trois syllabes ; mais *li* (qui est la forme normale du nom. sing. de l'article pour notre poëme) n'élide pas son *i* à cette époque. » Pourquoi ne pas respecter la leçon du ms.? Quoi qu'en dise M. G. P., *li* pouvait élider sa voyelle, puisqu'on peut signaler au moins deux élisions de ce genre dans notre poëme; cf. str. 73, 1, « Respondet *l'*altre : Mal i dis. » Il est vrai que M. G. P. rétablit l'*i,* et écrit « *li* altre. » Mais il se contredit implicitement, puisque ailleurs il oublie de changer le texte et laisse subsister une élision bien plus extraordinaire, celle de *i* de l'article *li* devant une consonne : « E *l* soi enfant, p. e *li* soi enfant », str. 95, 2. *L'angeles* compte ici pour trois syllabes, comme *gladies* = *gladiis* (St Léger, str. 13), *exercite* = *exercitum* (ibid.), *purpure* = *purpura* (Passion du Christ, str. 62). J'ai déjà rendu compte de ces particularités de versification dans la *Revue des langues romanes,* I, p. 23, 24.

Str. 100, 1. Note de M. G. P. « Ce vers et le suivant sont très-difficiles. En supposant que *custodes* soit une forme latine pour le mot *coustou,* p. ex., il est malaisé d'expliquer *les* de l'art., qui est plutôt le féminin. Mais si *custodes* est *custodias,* il n'y a plus de rime. » M. G. P. a raison de faire ressortir la valeur de l'art. *les,* qui, au nominatif pluriel, ne peut en effet, à cette époque, désigner que le féminin[1], et de tenir pour

---

[1] Il faut observer cependant que l'auteur regardait *custodes* comme réellement masculin, puisqu'il écrit *morz, soblel,* et non *mortas, soblellas* dans les deux vers qui suivent. De même *genz* avait les deux genres.

suspect le latin *custodes*. Ce mot est bien roman et dérive directement et sûrement du b. latin *custodœ, arum*, que j'ai rencontré dans un ms. du X⁰ siècle (ms. 253 de Montpellier) avec le sens de *gardiens*. Comme il importe de bien établir l'authenticité de cette forme, je reproduis en entier la note que je lui consacre dans le travail d'ensemble que je prépare sur les gloses de ce manuscrit, travail que j'ai déjà eu occasion d'annoncer[1] : « *Custodœ, arum*=gardiens, doublet de *custodiœ*. —Portarum vigiles (Enéide, II, 335). Glose : *custode* ms. 253, f⁰ 73, r⁰. — Acception nouvelle. Ce n'est pas un *lapsus calami* pour *custodiœ*, comme on serait tenté de le croire tout d'abord. *Custodœ*, en effet, est suffisament garanti par la forme archaïque *custodela*, qui suppose un primitif terminé en *a* et non én *ia*, cf. *cautela* de *cauta* (cautus), et *tutela* de *tuta* (tutus). Cette explication trouve un appui inattendu dans la forme romane *custodes* (Passion du Christ), employée avec cette orthographe au nominatif pluriel, et que M. G. Paris ne pouvait, non sans raison, se résoudre à dériver de *custos, dis*, qui aurait donné *custod*, ni de *custodia*, qui aurait produit quelque chose comme *custoce, custoze* ou *custoie*. Avec *custodœ* plus de difficulté, et il n'y a plus rien à changer au texte. Du Cange donne aussi *custoda, œ*, mais uniquement comme synonyme de *cortina, œ*, et non de *custos, dis*. » Quant à la seconde difficulté signalée par M. G. P., à savoir que *custodes*, rime féminine, ne peut assoner avec *pavor*, rime masculine, je n'en tiendrais pas compte. C'est une particularité dont on trouve assez d'exemples pour qu'on soit en droit de supposer que les copistes n'en sont pas exclusivement responsables, et qu'elle a été considérée par les auteurs eux-mêmes comme une exception ou, si l'on veut, comme une licence, mais non comme une faute véritable. C'est ainsi qu'on trouve, dans la *Passion du Christ, rams* assonant avec *branches*, str. 10 ; *fedel* avec *aveia*, str. 42 ; *fedel* avec *era*, str. 108 ; *fedel* avec *solœ*, str. 115 ; et dans le *Roland*, les vers 2933, 2934, 2935, où *mercit, paréïs, exill*, assonances masculines, font partie de la même laisse que *vivre, ocise, Marie*, etc., assonances féminines, et les vers 3594, 3599 où *Orient, omnipotent*, assonent avec *semblet, rendre, cumences*,

<hr>

[1] V. *Revue des langues romanes*, t. VI, p. 417.

etc. Il est vrai que le copiste, pour sauver les apparences, a féminisé *orient* et *omnipotent ;* mais ce n'est là qu'une pure concession orthographique, destinée à tromper l'œil sur les exigences de l'oreille. Voyez encore le vers 3541, où *Mahum* figure entre *cunfundre* et *humes,* et les v. 3252, 3253, où *justedes, Malperse,* terminent une laisse aux assonances masculines en *er*[1].

Str. 100, 2, ms. *si s'espauriren de pavor. — Ibid.* 4, ms. *gran. — Ibid.* 4. M. G. P. change *soblel* en *sobr'els,* fort bonne correction. Cependant, au risque d'être accusé de minutie, je préférerais *sobr'elz,* qui se trouve plus loin, str. 119, 3. D'autant plus que l'auteur, ou le copiste, met presque toujours *z* au lieu de *s* après *l* roman, correspondant au double *l* latin; cf. *mantelz* str. 6 (2 fois), *orgolz* str. 14, *belz* str. 16, *corda'lz* str. 19, *jalz* str. 49, *celz* (ecce illos) str. 77, *nulz* str. 89, *vassalz* str. 92, *ab elz* str. 107, etc Il ne fait d'exception constante que pour l'article pluriel *dels, als,* auquel il donne toujours l's. Par contre, le *z* ne se substitue presque jamais à l's après *l* roman correspondant à *l* simple du latin. Ainsi, sur *trente-sept* mots comme *mals* (malos), *fedels, sols* (solus), *tals* (tales), etc. (y compris l'article pluriel au cas oblique), je n'ai relevé qu'*une* exception, c'est-à-dire une seule forme à *l* simple latine où *z* a pris la place de *s:* c'est *mortalz,* str. 85, 3 ; forme qui permet de supposer un doublet b. latin *mortalius,* qui serait à *mortalis* ce que *brumalius* est à *brumalis, militarius* à *militaris (Revue des langues romanes,* t. VII, p. 39). Je ne parle pas des mots terminés en *lius,* comme *filius, melius,* ou en *culus,* comme *soliculus, oculus,* qui semblent plutôt avoir été soumis à la notation par *z : fils* str. 45, mais *filz* str. 78; *ols* str. 47, mais *olz* str. 13 et 74; *conselz* str. 20, *melz* str. 38, *solelz* str. 78, et *soleilz* str. 98[2].

---

[1] Il est vrai que rien ne serait plus facile que de restituer ces deux vers :

Li amirals. X. escheles ad *justet :*

La premere est des jaianz de *Malpers.*

Au v. 3285 le même mot est écrit *Malpreis.*

[2] Ceci était écrit avant que l'article de M. Chabaneau sur le *Z final en français et en provençal* eût été publié. (V. *Revue des langues romanes,* t. V, p. 94). Je n'y change rien, bien qu'il soit visible que, si j'avais su constater le fait, je n'avais pas su l'expliquer.

Str. 101, 1, ms. *langel set*. Leçon qui peut être conservée : *l'angel set*. — *Ibid.* 2, je lis : *Si parl[e] et à las femnes dis.* — *Ibid.* 3. Note de M. G. P. « Je reproduis ces vers tels qu'ils sont dans le ms. — *Vos neient ci per que crement — Que Jhesum Christ* (ms. *Xris*) *ben requeret*—sans les comprendre; les conjectures de Diez et de Hofmann me paraissent également sans vraisemblance. » Je crois que ce passage peut s'interpréter comme suit, moyennant une très-légère correction :

> « Vos neient ci per que cremet,
> Que Jhesum Chris ben requeret. »
> *Litt.* : « Vobis nihil [est] hic per quod *cremétis,
> Qunniam Jhesum Christum bene *requirétis. »

Pour *et = etis,* cf. *prendet* str. 36,4. Pour *ent = et,* cf. *zo lor demandet : « Que querent* (pour) *queret ?* » Str. 34, 2. Il n'est pas superflu d'ajouter qu'avec cette correction l'accent se trouve bien placé. Pour *est* sous-entendu, cf. str. 111 et str. 122. — Str. 102, 3. Note de M. G. P. « Diez change *voiant* en *voiat ;* mais ne peut-on admettre le verbe *voier* au sens neutre : être vide, vacare ? » M. G. P. a tort d'hésiter ; non-seulement on peut, mais on doit admettre *voiant* avec le sens neutre, ainsi que le prouvent les exemples suivants :

> Que quant is les bouches ovrirent
> Sans langes, les *voianz* goitronz
> Moustrerent, con pertuis sanz fonz.
> (Ms. 82, f° 97, v°, XIII s. Bibl. nationale, fonds français.)

Mas li bon crestien sont tuit plain de l'amor de De, dont li malvais sunt tuit *voiant. (Le Dial. poitevin* au XIII° s., p. 240).

Str. 103, 4, ms. *vetran (et* en abrégé). — Str. 105, 1, ms. *nostre.* — Str. 107, 3, ms. *abelz.* Le *z* en surcharge. — Str. 108, 2. Je laisse subsister *era.* J'ai prouvé plus haut (str. 100, 1) que, dans nos plus anciens textes, on pouvait entremêler les assonances féminines et maculines. Le vers entier doit être lu : « Ja dicent tuit que *vius* [el] era. » — Str. 111, 3 et 4. Je ponctuerais ainsi ces deux vers : Sa passions peisons tostaz ; — Lo mels signa [de] deitat — et les traduirais par « Sa passion [est] poisson rôti. » — Le miel [est] signe de déité. » Pour *est* sous-entendu, cf. str. 122, 4. L'emploi de *signa = signum* est garanti par le v. 1 de la str. 68. Il est évident que, dans ce poëme, il en a été de *signa* comme de *arma*, que la forme du neutre pluriel a été assimilée à celle du féminin singulier, avec cette différence que *signe* était resté neutre-masculin ; cf. str. 35 (St Léger). — Str. 112, 1, ms. *deit* et non *dedeit*. — *Ibid.* 112, 2, ms. *post passion.* Le *p* est surmonté du signe abréviatif = *us*, qui dans ce cas représente *ost.* D'ailleurs le sens s'accommode mieux de cette lecture : « Je vous ai parlé quelque peu de ce qu'a fait Jésus *après* sa passion ; quant à vous raconter tout, je ne le puis pas, ni moi, ni nul autre homme. » Il a raconté longuement, au contraire, tout ce qui précède la Passion et vient de dire quelques mo ts seulement de ce qui l'a suivie. — Str. 113, 1, ms. *fidel.* — *Ibid.* 3, ms. *emsembl ab elz.*

Str. 114, 2, ms. *babzizar.* — Str. 116, 3, ms. *sobræ.* — Str. 118, 2. Je ne changerais rien à la leçon du ms. *es set,* que je traduirais par *ipse sedet* = *e[p]s set.* — Str. 119, 3, ms. *sobrelz.* Dans la glose qui suit ce vers, il y a certainement *deglo di* = *de ecce illo die.* — Str. 122, 4. Pourquoi restituer *est,* qu'il est si facile de sous-entendre ? — Str. 124, 1, ms. *escorter.* — Str. 125. Pour le premier vers, j'adopterais la conjecture de M. G. P. « A quoi lui sert ? Il ne les vaincra pas. » Quant au troisième, je ferai remarquer que l'écriture du ms. permet, jusqu'à un certain point, une autre lecture : *acrist, esvegurad,* surtout *esvegurad.* Dans ce cas, on pourrait expliquer le vers en question de deux manières : 1° *Lo cap à Crist es vegurad* = Caput Christi est vigoratum ; 2° *Lo cap a Crist, es vegurad,* = Caput habet Christus, etc... Traduction « Christ tient la tête, c'est-à-dire Christ l'emporte. » — *Ibid.* 4. On peut aussi lire « Que part aiam ab Deu fidels. »

Str. 127, 1. M. G. P. a bien fait de traiter *finimunz* comme un seul mot. C'est, en effet, ce qu'indique la flexion *z.* Cependant ce composé paraît mal formé, du moins si on le compare à *terremot,* par exemple, où *terræ,* qui ne peut changer de cas, occupe la première place, qui lui assure une forme définitive ; tandis que *mot* = *motus,* qui peut être tour à tour sujet ou régime, occupe la dernière, et peut ainsi recevoir les flexions qui correspondent au double rôle qu'il est appelé à jouer. — *Ibid.* 1, ms. *es.* — *Ibid.* 2, ms. *es.* — Str. 127, 4. Le ms. donnant *gurpissē,* on peut lire *gurpissen* aussi bien que *gurpissem.*

La première leçon, *gurpissen* = **gurpiscentes* ou **gurpiscendo*,
me paraît mieux convenir que la seconde, qui ne pourrait
représenter que **gurpiscamus*. Or, dans ce cas, c'est *gurpis-
sam* et non *gurpissem* = **gurpiscemus* qu'il faudrait ; cf. *fa-
cam* du vers précédent, et non *facem* = *faciamus*. — Str. 128,
4. Le signe placé au-dessus de *o*, dans *lo*, ne rappelle pas
l'abréviation de *r*, comme l'a observé justement M. G. P. Il
se rapprocherait plutôt de celle de la nasale, dont l'extrémité
droite ferait un crochet dirigé vers la ligne supérieure. M. G.
P. propose de refaire les deux derniers vers, dont l'assonance
lui paraît fautive. A ce compte, il lui faudrait pratiquer d'autres corrections, dont il ne paraît pas se préoccuper ; cf. entre
autres : *voluntaz* = *fidels* str. 126, 3 et 4 ; *tornat* = *perveng*
(*tornati* = *pervénit*) str. 119, 1 et 2 ; *Petre* = *œswardevet* (Pé-
trum = **exwardabat*) str. 48, 1 et 2. — Str. 129, 1, ms. *reldre*
(*et* en abrégé). — *Ibid.* 3, ms. *sanz.* — *Ibid.* 4. Je ne comprends
pas ce vers. Ne faut-il pas lire « Et *nunc* et per tot *secula* »? Il
est bien possible que le copiste, entraîné par l'habitude de mettre ou de voir *in* en même temps que *secula* dans la formule si
connue « *in seculorun sœcula. Amen* », ait changé le vers pour
y insérer ce monosyllabe.

VIE DE SAINT LÉGER

Str. 1, 2, ms. *et a sos.* Le copiste avait très-probablement
écrit *suos*. Il s'est corrigé, a changé l'*u* en *o*, a gratté l'*o* de *suos*
et écrit à la place la lettre *s*. — Str. 2, 1. Note de M. G. P.
« Lat. *primo* avec *s* ajoutée, ou faute d'écriture pour *pri-
mas* (Diez). — J'adopte la seconde explication : *primo-s* aurait
donné en français *prins*. » Je ne partage pas l'opinion de
M. G. P.; je crois que *primos* est bon, ainsi que *quandius* des
str. 9, 1; 12, 3; 19, 3. C'était une règle à peu près générale dans
l'ancienne langue, que les adverbes non terminés en *ment*
prissent la sifflante en finale. Et cela datait de loin, puisque
certains textes bas-latins antérieurs au IXe siècle donnent
des exemples analogues : *quamdius* inter hominis malus vivi-
mus, ms. 13246, f° 7, r°; *quamdius* inter hominis, etc., ibid.,
f° 7, v°. — *Ibid.* 2, *quie,* pour *quœ,* que donne le ms., est une
faute d'impression. — *Ibid.* 6, ms. *que lui.* — Str. 3, 6, ms.
rovat. — Str. 4, 6. Ce n'est ni *serveit,* comme le veut M. G.

P., ni *serviet* = *serviat,* comme l'avait proposé M. Chabaneau et comme je l'avais cru d'abord, mais simplement *servier* = *servire.* Cf., pour l'emploi de *don* ou *dont* avec l'infinitif, *don Dieu parlier* (str. 28, 5), que M. Chabaneau traduit fort bien par **de unde Deu parlare,* « le moyen de prêcher la parole de Dieu, *lit.* de parler Dieu. »

Str. 5, 2. *Rendel* = *rendet l* = *reddidit illum.* C'était un de ces doublets du parfait défini en *et* ou *iet,* propres aux verbes qui font aujourd'hui le parfait en *i* et le participe passé en *u :* rendre, *rendu;* abattre, *abattu,* etc. Exemples analogues : *defended* = *defendit* (parf.), Pass. du Chr. *respondet* = *respondit,* ibid. str. 73, 1. Pour la chute de la dentale finale, après *e* accentué = *avit,* cf. *torne s' als altres,* str. 35, 2, où *torne* = *tornet* = *tornavit,* comme le reconnaît implicitement M. G. P. par la manière dont il restitue ce vers. Il en est de même de *a* = *avit : roa ls* = *rogavit illos,* Pass. du Chr., str. 141, 1. — *Ibid.* 3, ms. *il lo reciu,* c'est-à-dire *reciv* = *recepit.* C'est aussi la lecture de M. Desbouis. — *Ibid.* 4. La leçon du ms. *losting* a été rejetée par tous les éditeurs et corrigée en *lo ting.* Il faut remarquer que la même particularité se trouve dans les Serments, qui donnent *lostanit,* leçon que les savants ont également regardée comme fautive et qu'ils ont rectifiée de la même manière, en retranchant l'*s.* Ce simple rapprochement aurait dû cependant les rendre plus circonspects, car il n'est guère admissible que les deux copistes aient pu, chacun de leur côté, commettre exactement la même faute, et que cette faute ait dans les deux cas entièrement échappé, soit à ces mêmes copistes, quand ils se sont relus, soit à leurs correcteurs. On sait, en effet, que ces textes portent l'un et l'autre la trace d'une révision contemporaine. Dès lors, il est à présumer que ces formes se trouvaient dans l'original, et que les auteurs seuls en sont responsables. Il reste à savoir par suite de quelle préoccupation étymologique ils ont adopté une pareille orthographe. Or en remontant, comme on doit le faire tout d'abord, au latin, on remarque que *losting* et *lostanit,* lus *l'osting, l'ostanit,* supposent les formes *ostinuit, ostinet, ostenet, ostanet* (cf., pour *tan* roman = *tin* latin, l'ital. *incontanente*) ou plutôt *obstinuit, obstinet,* le groupe *bst* devenant *st* en langue vulgaire (cf. *astenir* = *abstinere, susted* =

substavit (Passion du Chr.)). Le sens concorde, puisque *obti-*
nere, dont *obstinere* serait le doublet populaire ou archaïque,
exprimait la même idée que le simple *tenere,* et avec plus
d'énergie. Il est vrai que *obstinere* ne se rencontre pas dans
les lexiques, mais c'est une forme qu'on est en droit de supposer à côté d'*obs-trudo*, doublet archaïque et authentique
d'*obtrudo*. Ajoutons que la substitution de *obs* à *ob* était admise
par l'usage ancien, comme il résulte non seulement de l'exemple que nous venons de citer, mais encore, et surtout, du té-
moignage explicite d'un ancien grammairien, que rapporte
Freund et que je reproduis après lui : « *Ob* devenait quelque-
fois *obs;* car Cœsel. (dans Cassiodore, Orthogr. 10) s'exprime
ainsi : *Obsolevit* a un *s;* mais cet *s* n'appartient pas au verbe
lui-même ; il appartient à la préposition, qui devient *obs,*
comme *ab* devient *abs.* » Enfin il n'est pas superflu d'ajouter
qu'on trouve encore à la fin du XIVe siècle des traces de l'orthographe traditionnelle (*obstenir*=*obstinere*), comme on peut
le conclure du passage suivant, que j'extrais du ms. de
Montpellier : Obtineo, nes, nui, obtentum : ex. ob et teneo,
tenes = *Obstenir* ou Avoir droit, Empetrer ou Acquerre.
F° 189, v°. *Obstenir,* f° 221, v°. — Str. 6, 3, ms. *caritet.* Str. 7,
6. Le copiste avait d'abord écrit *fuunamet.* Il s'est corrigé en
prolongeant la partie supérieure du premier jambage du second *u,* qui se trouve maintenant représenter le groupe *li.* Je
crois avec M. G. P. que *amet* veut dire « chose agréable » ; mais
je laisserais *lin,* et je lirais *fu li n amet* = fuit illi inde amatum.
—Str. 8, 2. Le ms. donne bien *fust* avec *s* onciale. J'ai retrouvé
d'autres exemples de la même particularité dans le reste du
ms. *Locusta, Ministra* (Glossaire d'Ansileube) — *Ibid.* 3. *L'ho-*
norat, dans le texte restitué, est une faute. *H* tombait après
l'élision. — *Ibid.* 6. Je ne changerais rien à la leçon du ms.

Str. 9, 1. Il est inutile de corriger *quandius* en *quandis.* V.
plus haut la note de la str. 2, 1.—*Ibid.* 3, ms. *morz.*—Str. 10,
1. Le copiste avait d'abord mis *letr.* Il s'est repris, a gratté le
groupe *tr* et a écrit *strit.* Je croirais volontiers que, s'il avait
commencé par laisser tomber l's, c'est qu'il ne le prononçait
pas. — *Ibid.* 2. Ce vers a été écrit en surcharge après *feissent*
rei. Le copiste l'avait sauté. Gêné pour l'insérer tout entier
dans le peu d'espace qui restait libre, il a serré les mots les

uns contre les autres et économisé les lettres, en ne laissant que celles qui étaient indispensables pour la prononciation. C'est probablement pour cela que *auret* n'a qu'un *u*, ainsi que *Eurui*, et que le groupe final *ns* de ce même mot a été sauté; car, dans la locution *avoir nom*, c'était le nominatif qui était le plus souvent préféré. — *Ibid.* 4, ms. *li seu fredre*.

Str. 11, 2, ms. *en fisdren*. — *Ibid.*5 La correction de M. G. P., *rovat clergiet* pour *rova s clergier* = *rogavit se clericari*, ne me paraît pas fondée. Voir plus haut la note de la str. 5, 2. — Str. 13, 4. Le copiste avait d'abord écrit *ocsoc*. Il a changé *o* de *soc* en *e* et gratté *c*, qui est devenu le premier jambage de *n* dans *en*. M. Chabaneau ne change rien au texte et comprend « Habuit sibi inde pavorem. »—Str. 14, 1. M.G.P. ne se trompe pas dans sa restitution : il y a bien *irae* et non *trae*. Le copiste avait fait d'abord un *i* trop penché vers la droite ; en voulant redresser la partie supérieure, il l'a élargie, de sorte qu'on est tenté, à première vue, de lire un *t* incomplétement formé. — *Ibid.* 2. *Celdi,* oublié d'abord, a été replacé dans l'interligne. — *Ibid.* 14, 5. Je comprends que M. G. P. répugne à recevoir l'explication de Diez *en* = *an* = *am*. Ne pourrait-on pas supposer que l'original portait *poblello* = *poble et lo*, et que le copiste aura transformé le premier *l* en *n*, comme dans *mantenls* ? Pour *ll* après une voyelle finale, cf. *ellasgarded* = *e la sgarded* (Christ, str. 13, 2), et *quillo doist* = *qui lo doist*, str. 4, 5 (Saint Léger). — *Ibid.* 5, ms. *monstier*. — *Ibid.* 6. Je lirais *Pos c' i* = *post quam ibi*, littéralement: « Puisque ici [je] ne peux, là où [je] veux rester. » *C* aura été assimilé à *q*.

Str. 17, 5, ms. *euuruins*. Ce qui a induit M. G. P. en erreur, c'est que le groupe *ns* ne forme qu'une seule lettre, le dernier jambage de *n* se recourbant en *s* à sa partie supérieure. On en trouve d'autres exemples dans le corps du ms. Cette particularité paléographique, rapprochée de celle que nous avons signalée plus haut (note de la str. 8, 2) relativement aux onciales intercalaires, permettrait peut-être de déterminer d'une manière plus précise la date de notre manuscrit. — Str. 18, 3. Observation fort juste sur le *p* de *corropt.*— Str. 20, 1, ms. *rex.*—*Ibid.* 4, ms. *euurui.*—Str. 21, 1. ms. *fisdra.*—*Ibid.* 6. Bonne explication de *recimer.*—Str. 22, 1-2. Tout en admettant l'explication de M. G. P., je proposerais de lire *et a diable s*

comandat. Il est possible que le copiste ait supprimé *s*, le regardant comme la flexion du nominatif, qui dans le cas présent aurait formé un grossier solécisme. — *Ibid.* 3-4. M. G. P. a retrouvé le vrai sens. Au vers 4, je lirais *sempre l recivt =
semper illum recepit ;* cf. *recivt = recepit* de la str. 4, 3, et *reciv = recepit* de la str. 5, 3.

Str. 23, 2, ms. *percutan.* Je laisserais *percutan = *percutendo* p. *percutiendo ;* cf. *recevant = *recipendo* p. *recipiendo.* Quant à l'objection que fait M. G. P., à savoir que « le participe du verbe hypothétique *percodre* eût été *percodant* », elle ne me paraît pas valable, attendu que nous trouvons dans la *Passion du Christ* une forme où l'*ŭt* latin est devenu *ud* et non *od: pudenz*, str. 8, 4. *Percutere* aurait pu former *percudre*, de même que *concludere* a formé *conclure.* — Str. 24, 1, ms. *Adostedun.* Le second *d* a été écrit en interligne.—*Ibid.* 1, *civ* pour *civt* est analogue à *reciv* pour *recivt =recepit* de la str. 5, 3.—Str. 25, 4. Il semble qu'on lirait plutôt *toz* que *tot.* — Str. 26, 3, ms. *fud cruels.*

Str. 27, 1. Pourquoi rien changer au texte ? *Am las lavvras,* etc. « *Avec* les lèvres lui fait tailler — Aussi la langue qu'il eut en tête. » — *Ibid.* 5, ms. *pordud.* Probablement l'original portait *perdud* avec le signe d'abréviation pour *per,* et le copiste l'aura confondu avec *por,* confusion fréquente dans certains dialectes. — *Ibid. Dom Deu = dominum Deum,* n'est guère admissible en effet, car le *dominus* latin, dans sa transformation en mot de la langue vulgaire, gardait toujours ou presque toujours ses trois syllabes devant Dieu ; cf. *domine Deu* de la str. 1. M. Chabaneau explique *dom* de cette strophe, *don* du verset 5 de la strophe suivante, comme le *don* du verset 6 de la str. 4, par *de unde.* Le sens est donc « Nunc perdidit de unde Deum predicare. »

Str. 28, 4. La leçon du ms., *Qui toz los at il condemnets,* me semble pouvoir être conservée sans changement. Il suffirait de lire *qu'i,* litt. « que il les *y* a, etc. », *i* explétif.—Str. 29, 3, ms. *carnels.* — *Ibid.* 4, ms. *en corp los.* L's de *corps* a été effacé probablement par le copiste lui-même. Il aurait dû compléter sa correction et supprimer *p* de *corp = corde.* Mais il a agi en connaissance de cause, puisqu'il se répète plus loin, str. 32, 5. *Cœur* était souvent employé avec le sens de *animus,* âme,

opposée au corps. Cf.: « Por aveir iquau ben qu'oilz ne vit
n'oreille n'oït, ne *cuers* d'omme ne puet penser issi est granz »
(le *Dialecte poitevin au XIIIe siècle,* p. 117); — « ..... Que
cuers nel propenser issi granz » (*Ibid.,* p. 139); « Que ne sa-
roit *ceurs* d'ome ne dire ne penser. » *Aiol,* v. 5497. M. G.
P. lit *ancor,* correction qui ne me paraît pas fondée. —
Str. 30, 1. Je ne crois pas qu'il y ait rien à changer ici. —
Ibid. 3. Le *t* de *Fescant* n'est pas imputable au copiste, puisqu'on trouve d'autres exemples de cette anomalie dans la
Passion du Christ, qui n'est pas de la même main ; cf. la note
de la str. 21, 3-4[1].—*Ibid.* 6, ms. *iuisitet = i visitet.* Il est donc
inutile de corriger ce vers.

Str. 31, 4, ms. *desanz.* — Str. 32, 1. *Cum il l'audit.* Ces
mots ont été écrits dans l'interligne. — *Ibid.* 5. M. G. P. cite
et accepte l'explication que j'ai donnée de *exastra = exar-*
serat, forme que Diez tirait à tort de *exasperavit.* Mais, si nous
sommes d'accord sur ce mot, il n'en est pas de même pour *el,*
qui commence le vers « *el corps* » , qu'il décompose en *in illo,*
« dans le », faisant ainsi de *exastra* un impersonnel. Je lis simplement « *e l corps = et le* cœur s'enflamma, etc...» L'article
pouvait subir l'élision même devant une consonne, comme le
prouve ce vers de la *Passion du Christ* (str. 95): *El foi ensfant*
per son pecchiad = E l soi enfant, etc.., où *li* perd sa voyelle
devant *soi.* Du reste, M. G. P. semble reconnaître la légitimité
de cette élision, puisqu'il n'a rien changé à ce vers. (*Romania,*
juillet 1873, p. 310.)

Str. 33, 2, ms. *laudebert.* Le copiste avait d'abord écrit *lau-*
deuert.—*Ibid.* 4. Au lieu de *feist,* le copiste avait d'abord écrit
lifistli. — *Ibid.* 6. M. G. P. a heureusement expliqué ce vers.
—Str. 34, 3. Le copiste avait d'abord écrit *uarda.*—*Ibid.* 5. Le
copiste avait d'abord écrit *ruors.* La conjecture de M. G. P.
paraît fort plausible. Cependant on ne s'explique guère com-
ment le copiste, qui s'y est pris à deux fois pour écrire ce
mot, ait pu le confondre avec *rode* ou *ruode,* et ne se soit pas
aperçu de son erreur. Il faut donc, avant tout, s'efforcer de
conserver cette forme *roors,* que consacre, en quelque sorte,

---

[1] Voir aussi la note de M. Chabaneau, *Revue des langues romanes,*
tom. V, p. 334,

la retouche même dont elle a été l'objet. Pour moi, je la ratta-
cherais à un type b.-latin *rotor, dérivé de *rotare*, « tourner, dé-
crire un cercle, en parlant d'une roue », comme *sudor* de *sudare*. *Rotor* représenterait le résultat de l'acte ou de l'état
exprimé par *rotare*, comme *sudor* le résultat de l'acte ou de
l'état exprimé par *sudare*. Ceci admis, je supprimerais *et* avant
sicum, en observant que cette particule n'est rien moins que
nécessaire ici, et qu'elle a fort bien pu être attirée à cette
place par l'influence de *et sicum* du vers suivant. La mesure
du vers se trouverait ainsi rétablie. Puis, mettant à profit
les judicieuses indications de M. G. P., j'expliquerais *sicum
roors in cel es granz* par *sicut* *rotoris* (nominatif b.-latin, au lieu
de *rotor* nominatif classique) *in cœlo est grandis*, etc., sens
qui concorde exactement avec celui qu'a proposé le savant
romaniste. *Rotor*, d'ailleurs, n'est pas absolument fictif : on
le retrouve jusqu'ici inexpliqué, il est vrai, dans l'une des *Cinq
Formules rhythmées et assonancées* que j'ai publiées moi-même :
Buccas inflat in rotore. On voit par ce seul rapprochement que
l'on peut faire d'une pierre deux coups, en assimilant le *rotore*
des *Formules* au *roors* du *Saint Léger*, et en le traduisant de
la même manière : « Il gonfle les joues *en rond*, littéralement
en tour de roue. » Mais il faut avoir soin d'observer que, dans
le *Saint Léger, roors* serait employé au propre, tandis que, dans
notre formule, *rotor* n'indiquerait que le contour et non les
dimensions d'une roue.

J'allais oublier une objection qu'on est en droit de faire
contre l'assimilation que je propose de *roor* à *rotor*, à savoir
que la dentale médiale ne tombait pas encore à cette époque.
Objection sérieuse, mais qui à elle seule n'est pas suffisante,
comme on peut l'induire de la chute de cette même dentale
dans le *Saint Léger* lui-même, *cruels* = *crudelis* (str. 26), et
dans un autre texte contemporain et à physionomie encore
plus latine que le *Saint Léger*, dans *Boèce, poestat* = *potesta-
tem* (v. 161). Voir, pour cette particularité, la *Revue des lang.
rom.*, V, 26.

Ibid. L'*e* de *cel* est cédillé. — Str. 36, 4, ms. *domine deu*. —
Str. 39, 5-6. Je donnerais raison à M. G. P. contre Diez. —
Str. 40, 6, ms. *sustinc*.

RECTIFICATION

Str. 27, 5. J'avais dit que, pour M. Chabaneau, l'expression « dom Dieu parler » signifiait « le moyen de prêcher Dieu.» Il m'écrit qu'il rejette cette interprétation et préfère traduire « dom Dieu parler » par « le moyen de parler à Dieu », sens qui lui paraît mieux concorder avec celui des deux premiers vers de la str. 29, *Sed il non ad lingu a parlier — Deus exaudis lis sos pensœz.*

Tout en donnant acte de cette rectification à mon savant confrère et ami, je dois ajouter que je ne partage pas son opinion, et que je prends à ma charge celle que je lui attribuais d'abord et qu'il désavoue. Je crois que pour St Léger, que le poëte nous représente préoccupé avant tout de répandre la parole de Dieu, cf. str. 31, 6, et str. 36, 3, 4, le plus pénible était, non pas tant de ne pouvoir parler à haute voix au Seigneur, avec lequel il avait la ressource de s'entretenir mentalement, ni même de ne pouvoir chanter ses louanges, que de se trouver privé de ce qui tient tant au cœur du prêtre fervent, des moyens de propager la foi chrétienne. De même, ce qui irritait le plus Ebroïn, son persécuteur, c'était d'apprendre avec quel succès il avait repris le cours de ses prédications, quand Dieu lui eut rendu la parole, str. 37, 3. D'un autre côté, on ne peut objecter que le verbe *parler* devrait dans ce cas être suivi de la préposition *de*, « dom parler (de) Dieu », puisqu'on a des exemples certains de *parler* employé avec le sens actif et sans cette préposition. — Et de l'abie fut eissue la novele del serjant Deu ci devant *parleit* (c'est-à-dire *dont on a parlé*). *Li Dialoge Gregoire lo pape*, édition Foerster, p. 12, 2). — Et ke sa lengue a poine pot suffire a *parleir* cele chose porcoi il venuz astoit. (*Ibid.*, p. 23.)